五行歌集

馬ってね・・・

福田雅子

市井社

五行歌集

馬ってね・・・

まえがき

私が五行歌そのものを知ったのは二〇一一年の夏、九月には歌会に参加するようになり、本誌の会員になったのがその年の冬のことでした。五行歌を始めてまだ五年にもならない私が歌集を出すなんて、生意気なことかもしれません。「もう出すの?!」と驚かれた方も多いはず。誰よりも驚いているのは私です。

草壁先生がお書きになった文章の中の、五行歌をやっている人には、お墓よりも歌集の方が意味がある、という一節に触れた時に、以前から散骨を希望し、戒名もお墓もいらないと家族に伝えている私は、これだ！　と思ったのです。

五行歌を始めたのが東日本大震災の年、そして歌集を出すのが、熊本大地震の傷からまだ血の滲んでいる今。しかも熊本の最初の大地震は、奇しくも私の誕生日に起きました。大地震に変な縁があるのに、被災地から離れている自分は呑気だなぁとも思いますが、同時に、明日は何があるか分からないことも実感させられ、思いたったことは迷わず実行しようという決意に結びついたのです。

子供の頃に、父が本をたくさん与えてくれたお陰で読書好きになり、私の中に言葉が蓄えられたからか、文章を書くことは得意でした。それが活かされて、今の私があるのだと思います。謎や神秘に惹かれるたちで、命や宇宙に関心があり、空想癖、妄想癖もあるので、他の人とはどこか違う、浮世離れした視点を持っているようです。何が幸いするか分からないもので、私と五行歌は良い関係になったと思われます。

ぼんやりした決意から、歌集という一冊の現実に至る過程で感じたのは、先生の、そして事務所の皆さまの牽引力の見事さでした。何も分からない私に道を示して下さり、どんどん形になっていきました。また、私が歌集を出すことになった時に、「楽しみにしています」と励まして下さった方々がいらっしゃったのも心強いことでした。この場をお借りして、私のような人間をいつも見守り、また導いて下さる全ての方々に、草壁先生を始め、五行歌の会本部の皆さまに、心からの感謝の気持ちをお伝え致します。本当にありがとうございます。そしてこれからもよろしくお願い致します。

二〇一六年　夏

福田雅子

目次

まえがき　2
Ⅰ　空気の一玉　7
Ⅱ　アイヌの神様　23
Ⅲ　3Dの松の廊下　35
Ⅳ　蓮の受話器　49
Ⅴ　地球の影　63

Ⅵ　竜安寺の枯山水　79
Ⅶ　馬ってね・・・　93
Ⅷ　若葉のアロマ　121
Ⅸ　ＥＴを乗せた自転車　147
Ⅹ　大根の気分　161
Ⅺ　ツバメの夫婦　175
Ⅻ　埠頭のクレーン　187
跋　馬ですべてを伝える　草壁焰太　197

ちぎり絵・切絵　福田雅子
装丁　しづく
Horseshoe Icon made by Freepik from www. flaticon. com

Ⅰ　空気の一玉

馬と私が
空気の一玉となって
ふわっと弾む
体験乗馬の
まさかの一瞬

馬にまたがれば
視界は広い
戦国武将が抱いた
天下取りの夢を
かじってみる

超タイトな
着ぐるみを
脱ぎ捨てたように
コロンと落ちてる
蝶の幼虫の脱皮殻

大きな目玉で
見下ろして
私を品定めする
乗馬センターの馬に
お愛想は通じない

パッツリと
たてがみを
切りそろえ
馬には馬の
夏支度がある

鞍をはずすと
馬の背に
鞍の形で
汗が
光っていた

互いの肩に
嘴を食い込ませて
取っ組み合い
スズメ団子が
芝生を転がる

還暦の私と
小学生の少女が
同次元で
ハートコンタクト
同じ馬に乗ったから

海を渡ってきた
アサギマダラの翅は
太平洋の
空と海の
青色を覚えている

カラーの葉の
白い斑《ふ》は
シースルー
葉だけを活ける
クールが飛び散る

とうもろこしの
ヒゲは
雌しべの束
一粒に一本ずつの
命綱

陽ざしを避け
午前中は西の部屋
午後は東の部屋へ
わたしは
『ひまわらぬ』の花

人の
汚れた思惑も
鞍に乗せ
ひたすら速度と化す
競走馬のベクトル

セミの抜け殻が
風に託す
夢の続き
新たな七年の
始まりを信じて

暑さが
刺さる日
息子から届いた
冷凍酒は
卓上の氷穴

Ⅱ　アイヌの神様

秋風は
とんぼ柄の
ストール
ひんやりと
二の腕が包まれる

秋風が嬉しくて
腕を広げて深呼吸
手の平から
私の夏が
大空に帰っていく

朝露のレンズに
撮り込まれた
コスモスの花
小さな一滴が
秋を吸い込む

台風と初雪が
北海道で
出会った日
アイヌの神様は
気絶した

温陽《ぬくび》を含んだ
ボアのような
冬毛は
馬と冬の境を
和らげている

馬の死角は
わずかに10度
見えないお尻は
恐怖と怒りの
スイッチだ

朝日に光る
里芋の葉の
水滴は
銀の毛並みの
丸猫

電線のモズは
高鳴きしながら
尾を回し
縄張りの空気を
スキャンしている

吹きだまりの
枯れもみじが
サクラエビの
かき揚げのように
カリッと集まっている

そっくり返った
カエデの枯れ葉が
風でひっくり返って
蟹そっくりに
横歩き

Ⅲ　３Ｄの松の廊下

傾いた
白磁の皿から
金貨がこぼれた
初冬の夕空の
月と明星

見えないはずの
影の丸みも
うっすらと
盛っている
白磁の三日月

体を蒟蒻にして
木曽馬の
背に揺られる
任せきるという
至極の安楽

木曽馬に揺られて
山道に身が溶ける
拾っていこうか
捨てていこうか
私の輪郭

厚くなった
馬の冬毛に
指先をもぐらせ
捜してみる
夏のシャープネス

霜柱で
浮き上った
苔の連なり
3Dの
松の廊下だ

行かないで　と
袖を引っ張る
馬の瞳の中で
私も
トロトロに溶けている

太い首を
じっと
抱かせてくれて
馬も伝えたい
寄り添う想い

予測された大雪でも
地上の混乱は
想定外
南海トラフは
忍び笑う

春を感知した
樹木のオーラは
静電気に
逆立つ
頭髪の勢い

ピスタチオの
殻の中で
新芽のように
グリーンが
ときめく

夫は退職
長男は海外出張
次男は転職
人生ゲームの駒が
進んだような春

直訳で『羊』を数えても眠くはならないSHEEP シープはリラックスの呼吸法

Ⅳ　蓮の受話器

なめらかな岩肌を
滑るように
水がつたう
雨降り止まぬ日の
馬の尻

弾け時を待つ
木の冬芽
まだおろしてない
小筆の先が
春色に憧れる

開ききらない
春のもみじ葉
赤とんぼの群れが
タイムスリップ
してきたような

春の雫が
あふれ出し
シダレヤナギは
木草色の
滝となる

すべての緑色に
特別な
名前をあげたい
樹木《きぎ》の若葉の
グラデーション

光が
命に
変わるから
木々の若葉は
内から輝く

若葉の山道は
空気がほどけている
歌友と歩けば
私の秘密も
するりと口を出る

心を裏返して
こすり洗っても
落ちないのは
まだ許せない
過去の染み

家電の梱包段ボール
広げられても
自分の折れ方を
必死に守る
パーツのプライド

喉元をさすると
古びたピアノの
黄色い鍵盤のような
歯をむき出して
馬が悦ぶ

青田を渡る風が
古墳群を
通り抜け
埼玉《さきたま》のルーツを
耳打ちする

古代蓮の
受話器のような花托に
耳を当てたら
古代人《いにしえびと》が
おーいと呼んだ

V 地球の影

気若の至りの
夫の骨折
肉体年齢の
悟りは
激痛と共に

入院中の夫が
やっと覚えた
携帯の初メール
本日はテレビカード
お願いします。❤

暑さに向かって
生まれ出る
蝉と交代に
地下で夏眠したい
私は夏嫌い

釣り好き少年の
うんちくを
拝聴する
キンモクセイ香る
橋の上

残暑がスッと
脱げ落ちて
日陰の色さえ
薄くなる
処暑の陽の傾き

一夏の気苦労が
泡となって
皮膚に並ぶ
残暑を超えた
涼夜《りょうや》の長湯

いつの間にか
現れた
トンボが教える
残暑の隙間の
オータムゾーン

枇杷の葉が
さわさわと揺れ
ポツッポツッと鳴る
出窓の外で
夕立《スコール》の前奏曲《プレリュード》

一人の生活にも
もう飽きた！
頃に
退院する夫の
ナイス・タイミング

赤組ばかりの
玉入れだ
彼岸花の
雄しべが描く
放物線

秋月に映る
地球の影の
あの丸い縁は
世界のどの辺だろうと
目をこらす

満月に映る
地球の影絵
宇宙の中で
恥じることない
寸劇だろうか

「またねぇ〜」と
友に振る手が
美智子さまのように
上品になる
五十肩

ポプラの黄葉が
チアガールの
ポンポンのように
輝き揺れる
今吹く風にグッバイ

Ⅵ 竜安寺の枯山水

疾走する
牧羊犬のように
ひつじ雲の上下を
行き来する
自衛隊の練習機

米国オハイオに
長男が転勤
家族を隔てる
大洋と大陸は
球面で広がっている

渡米前の長男と
過ごした年末年始
風呂の湯量の
目盛りを上げて
出湯大サービス

土鍋に並べた
ぶなしめじ
コピペした
カッパドキアの
奇岩のようだ

ザクッ　サクッ　シャクッ
蓮根を切るたびに
音が上がる
穴は
楽器のルーツだ

私はかぐや姫
月を眺める時
魂の半分は
大気圏を
突き抜ける

「どうしようかな」と
つぶやくと
「決めてるくせに」と
次男の一言
図星が飛んだ

散らばった
小石の影が
長〜く伸びて
冬至の小道に
彗星群

暴風雪に襲われた
日本列島
クモの巣のような
等圧線は
竜安寺の枯山水

どんなに固く
結んでいても
桜の蕾は
春の近さを
隠せない

畑に広がった
黒いシートの下に
寝そべったら
私からも
新芽が出そうだ

同じ仲間なのに
互いが天敵の
蟻がいるという
密林に漂う
ヒト臭さ

Ⅶ　馬ってね…

初体験の感動は
無料でも
お金の流出は
止められない
乗馬の罠

物理は苦手だったのに
『慣性の法則』に
妙に
納得する
馬の上

アッ！　来たか
一日遅れの
筋肉痛
馬の腹の形に
内腿ぴりぴり

緑の草原で風になる
生意気な妄想に
ちょっぴり
共感はしてくれる
練習馬

四本の脚の
一本だけ
つま先を立て
何を思うか
遠い目の馬

バンと張った
腹から
グイッとくびれる
馬の腰
赤裸にセクシー

贅肉も
シワもなく
その上つやつや
馬の体表面で
陽ざしも滑る

毛先の終点まで
神経が
通っているような
馬の尾の動きの
自在さ

馬のおしっこの
量と勢い
全開の蛇口から
真っ直ぐに落ちる
水のスティック

カステラのように
しっとり柔らか
ついつい
手が出る
馬の鼻

見流していた
競馬のCMが
ある日突然
私の馬心を
鷲づかんだ

競馬の
騎手の
鐙《あぶみ》の高さ
しんどいのは
馬だけではない

水に口をつけ
極太ストローで
吸い上げるように
豪快に　静かに
馬が喉を潤す

馬が
道路の凸凹で
コケること
しっかり学んだ
野外騎乗デビュー

馬という巨体をも
躍動させる
干し草は
大地の底力を
濃縮している

乗馬は
人が
馬上で
宙をとらえる
ダイナミクスだ

六月の猛暑日
馬のための
ミストシャワーに
ちゃっかりと
便乗する

木曽馬で
味わった
愉快のスケール
馬場の中には
入りきらない

午年の初乗馬は
生徒が一人
今日の
滞空時間を
独り占め

私の乗った
木曽馬は
時代劇にも出演する
サラブレッドには
無理な役

車と同じ
馬間距離は
大切だ
馬場でも起こる
接触事故

乗馬センターに
預けられた
オーナーホースは
主人の来る日が
わかると言う

左右も上下も
同時に
見える
馬の視界は
情報過多

久しぶりの外乗《がいじょう》は
雷雲の下
耳を後ろに向け
馬は
私の心音を不安がる

木曽馬の鼻息が
吹き出た形で
一瞬凍る
牧場は雪
人の動きも固い朝

行方不明児の
捜索現場で
レーダーになった
馬の聴覚と
広い視野

Ⅷ　若葉のアロマ

馬から
抜け落ちる
体毛と一緒に
冬が剥がれて
飛んでゆく

裸木の枝に
タッチしたら
内側に満ちている
若葉のアロマが
香ってきそうだ

ふっと振り向くと
スミレの花
春は
足元から
声をかける

もしこれが
アロマキャンドルなら
火は灯さずにおこう
ロウバイの小枝の
花ふたつ

『春』の一文字
つくしを
筆にして書いたら
陽だまりの
土の匂い

春霞　なんて
風流なことも
言えなくなった
毒気に濁る
西の空

春の嵐の雨上がり
ミイラのように
干からびていた
空気の粒子が
ミストになった

雑木林から漂う
福神漬のにおい
春を知らせる
ヒサカキの花
ひっそり

拾い集めた
桜の小枝が
食卓で満開になる
カマスの干物も
お花見ご膳の一品に

莢を　そっと
縦に開くと
そら豆は
胎児のように
夢をみていた

オートクチュールの
綿毛のベッドに
三つ子が眠る
莢の内を満たす
そら豆の母性

キツツキのように
電柱にとまり
作業する若者が
ハックション　ハックションと
鳴いている

逆光に透ける
春もみじの葉脈
集めたばかりの
光の粒が
喜々として流れてる

そよぐ春もみじの
葉先から噴き出る
命の糸が
浅緑の籠を
編んでいる

羽化寸前の蛹みたい
とは口に出せず
指先で転がす
茹で落花生
花見の輪の中

青空と雑木林と
菜の花畑の
スリーショット
そぼろ弁当のように
目に美味しい

枯れた畑に
ネギ坊主3個
砂嵐が
通り過ぎた
モスクのようだ

うわぁ～落ちるぅ～
落馬を免れた
安堵の鞍に
怖いもの知らずの
抜け殻が座ってる

雨上がり
桜の萼の
水滴一粒は
新緑を映して
さくらんぼ

犬友に付き添って
訪れた
獣医科大学病院
安楽死の選択に
ふと人間《ひと》を重ねる

浮袋と腸《はらわた》を
無傷で残して
小魚を完食
川辺の野良猫は
釣人を釣っている

河原で会った釣人は
現役72才の
乗馬のコーチ
馬上さながら
鋳型のようなO脚だ

Ⅸ　ＥＴを乗せた自転車

膨張して見えるほどに
白く輝く満月を
ETを乗せた自転車が
横切りそうな
月食の夜

美容師さんの
リズミカルな
ハサミが
毛先に
初夏を刻む

木洩れ陽が
車のボディに映す
無数の金環
宇宙の神秘を
指でなぞる

さやから
裸で飛び出す
そら豆のくびれが
ウフッと
艶っぽい

茎から
横に張り出す
そら豆の莢は
風をはらんだ
鯉のぼり

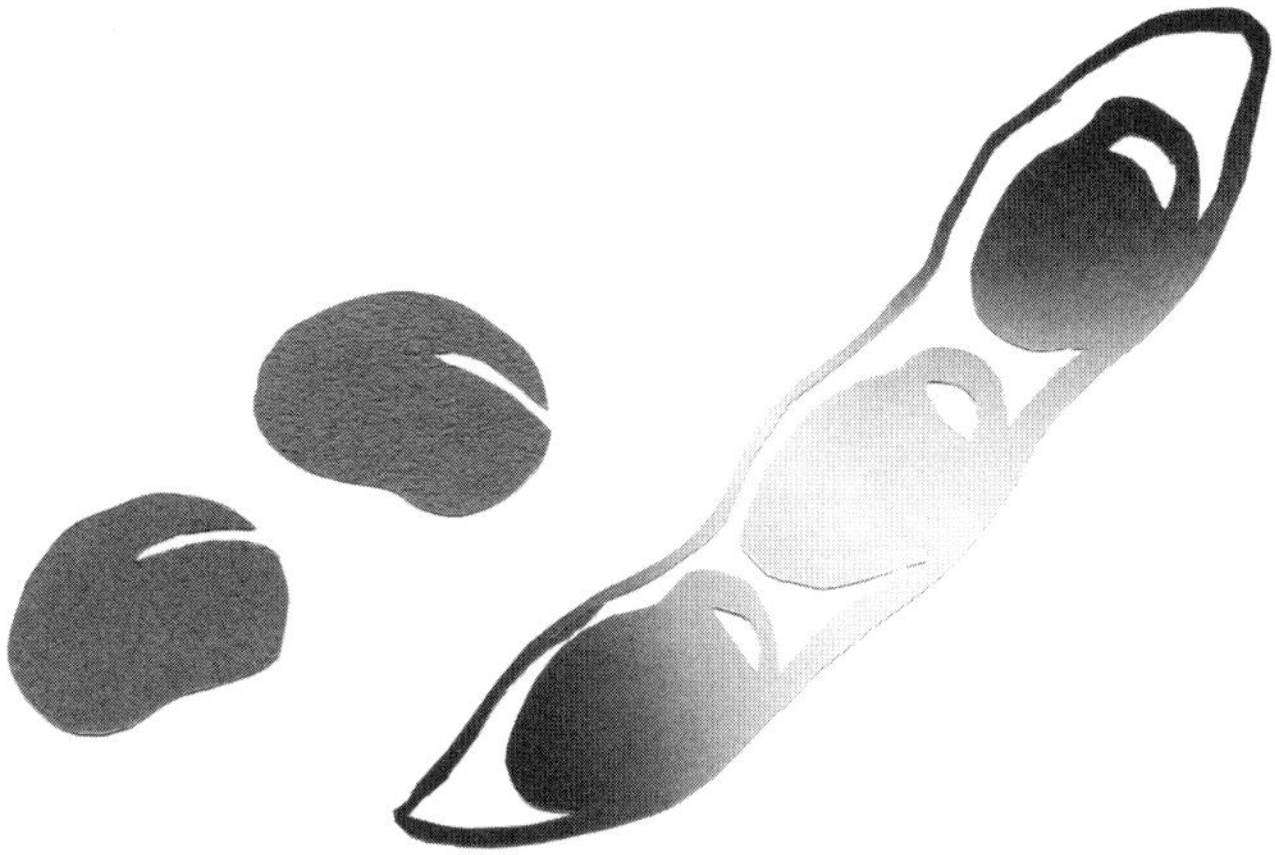

腹の奥底に
怒りのマグマを
溜め持った
私は愚かな
カッカ山

友人の記事が載り
取っておいた
十年前の埼玉版
同じ紙面に五行歌が！
やっぱり縁はあったらしい

病気知らずの
約還暦の身に
腫瘍がひとつ
やっと人並みに
なれた気がする

落ちるもんか
放すもんか
散歩帰りの犬の毛に
草の実が食らいつく
ちゃっかり　したたか

頭上をかすめる
輸送機に向かって
飛び跳ねる
愛犬の遊び心に
果てはない

古い切手帳に
東ドイツの切手が多数
自由を夢見たペンパルは
翼を広げて
飛び立ったろうか

幼稚園の同期会に
勤務地広島から
飛んで帰ってくる
息子の宝は
二十年物の絆

X　大根の気分

ＭＲＩの台の上
匠の
包丁さばきで
千六本になる
大根の気分

初入院・初手術で
覚えた
夫に甘えること
結婚生活
最大の収穫

小道でばったり
マムシの三きょうだい
シンクロして
鎌首もたげる
むき出しの野性

マンゴー色に熟した
ゴーヤの
真っ赤な種は
南国の
太陽の子供たち

渡る風の中にも
ニュースがある
ぬれた黒鼻を
高く伸ばし
愛犬が風を読んでいる

愛犬が
時にうとましい
邪心なく見上げる
瞳の中には
私しかいないのに

田舎の自然薯は
横に育てられても
縦に伸び～る
ねばりを忘れない
大地の味

『鈴木さん』
と　呼ばれていた
ヒト由来の乳酸菌
知らぬが仏の
その正体

ふたご座流星群の夜
幼い息子たちと
歓声をあげた
思い出☆が
今また一つ　そして二つ

父・叔父を相手に
男として
社会人として
熱く議論する
息子二人がまぶしくて

女性限定
ミトコンドリアが導く
人類共通の母
たどってみたい
私の誕生の起源

今年最大の
イベントだったなぁ・・・
大晦日の
湯船に揺れる
手術跡

XI　ツバメの夫婦

巣から
こぼれそうな雛に
餌を運ぶ
ツバメの夫婦に
喧嘩している暇はない

散歩中の犬たちが
背中を擦りつける
芝生のスポット
素通りできない
誘惑が漂っている

坂が大好き
タモリの旅《ブラタモリ》
隠れた地形から
埋もれた歴史を
掘り起こす

3Dプリンター製の
仏像に
祈ったら
叶ったはずの
願いもコピー

動作の一つ一つが
ふて腐れている
小五の男子
反抗期の種は
発芽した

読めなくなった
子供の
名前と
力士の
四股名

大玉花火の
燃えかすは
職人の
手間が重なる
ミルフィーユ

広げては畳み
子供心に
魅せられた
薬包紙の
五角形

光合成する
アクアリウムの森
小さな気泡は
点線になって
空とつながる

鬼怒川に立つ
鮎釣り人と
アオサギは
素知らぬ顔して
川底の駆引き

XII　埠頭のクレーン

ひまわり8号が
映し出す
群青の地球は
宇宙に転がる
とんぼ玉

刈り取った稲を
スキーリフトに乗せて
天日干し
その米はきっと
秋の山の香りがする

腰のホルダーに
電動ドリルを
ストンと戻し
職人の手さばき
夕陽のガンマン

指先に
目を得た
盲目のピアニストは
奇跡の領域を
平然と楽しんでいる

釣り針のような
銀の月
流れる雲が
釣れては
逃げる

ゆりかもめの車窓の
夕暮れ影絵
埠頭のクレーンは
キリンの姿で
海を見ている

ぎっしり
ぶら下がる
楓のプロペラ
木も丸ごと
飛び立ちそう

数億年先の
地層の中で
人類の
痕跡は
何を語るだろう

跋

馬ですべてを伝える

草壁焰太

福田雅子さんは、犬の散歩をしている吉川敬子さんのご主人の司さんと、犬の散歩仲間として、五行歌のことを聞かれ、それが縁となって五行歌を書かれるようになった。初めて会ったときから、歌のようなものを書く人として、大物だろうなと思った。その理由は、何か質問を投げかけて、笑みかけるように私の答えを待つ。

これは意識の鋭さや速さのある人の特徴で、意識の鋭さや速さであまり人に敗けたことのない人の特徴である。

うたびとで言えば、石川啄木がそういう人で、私は『石川啄木―天才の自己形成』という本で「意識力」という言葉を使い、啄木はその意識力で人に敗けたことがない人だったと書いた。人は、最初に目が合った瞬間に無意識にその勝負をしているものである。

歌も発想がちょっと違って面白いと思っていたが、入会されて一年半くらいして、「来たーっ！」と思った歌が、

馬と私が
空気の一玉となって
ふわっと弾む

体験乗馬の
まさかの一瞬

であった。私は観光地の馬に二度ほど乗り、馬が道端の草に首を伸ばしたときに転げ落ちそうになったくらいの経験しかないが、この歌を見た瞬間に、オリンピックの選手のように乗馬の最高の瞬間を体感したかのような気持ちになった。

これが歌というものだ。体感を瞬時に人に教えてしまう、簡単で有り得ないような凝縮した言葉。

その頃、高校時代に玉名の流鏑馬に乗り、以来乗馬を続けた荒木雄久輝氏が同人になられたが、「四十年以上乗ってきた私が書けない、乗馬そのものをとらえた歌」と言っていた。

私はこれを、二〇一三年の『五行歌』七月号の表紙歌としたが、以後二、三年は、毎月表紙歌にしたい歌があるというほどになった。

彼女の歌は、馬の歌を中心にどんどん秀歌を積み重ねていくことになった。彼女の意識は、馬という大きな生き物に、またその大動物と共同する乗馬に、大きな驚きを感じ、そこから自分をとりまく世界を改めて見直したのであろう。

馬を通じて、すべてが語られるというような展開となった。

大きな目玉で
見下ろして
私を品定めする
乗馬センターの馬に
お愛想は通じない

鞍をはずすと
馬の背に
鞍の形で
汗が
光っていた

温陽《ぬくび》を含んだ
ボアのような
冬毛は
馬と冬の境を
和らげている

体を蒟蒻にして
木曽馬の
背に揺られる
任せきるという
至極の安楽

意識の力の鋭い彼女は、人の妙な意識の通用しない馬にかえって安心したかのようである。その馬の背中も、冬毛も、馬の死角である尻も、歌になる。ついには、人とは交わせない情愛、長い草原の歴史、同じ馬に乗る者同士の共感まで感ずる。

行かないで　と
袖を引っ張る
馬の瞳の中で
私も
トロトロに溶けている

四本の脚の
一本だけ
つま先を立て
何を思うか
遠い目の馬

カステラのように
しっとり柔らか
ついつい
手が出る
馬の鼻

還暦の私と
小学生の少女が
同次元で
ハートコンタクト
同じ馬に乗ったから

この私の文章を「跋」といえるのかどうか、疑問に思い出した。結局、彼女の馬の歌を並べているに過ぎないのではないか。歌集を編んでみて、私は馬の歌を探してはわくわくして読み進む自分に気づいた。馬というものが、いままでにはないもののように見えてきて、かつそれは世界の理解につながっている。だから全部を読み、人にもこうだといいたくなるのである。

馬以外の歌にも、あっと驚くものは多かった。同じ二〇一三年の十二月に、

台風と初雪が
北海道で
出会った日
アイヌの神様は
気絶した

を表紙歌にした。気候の変動を書いた歌は多く、私も同じことを書こうとしていたが、アイヌの神様の驚きまでは空想できなかった。同様に、これはやられたと思った歌が毎月続いた。

陽ざしを避け
午前中は西の部屋
午後は東の部屋へ
わたしは
『ひまわらぬ』の花

霜柱で
浮き上った
苔の連なり
3Dの
松の廊下だ

彼女は無意識に意識が鋭く速く働く人であったらしく、あまり感ずる努力ももの思う努力もしなかったように言う。そうだろう、と私も思う。しかし、歌を書くことは、自分の思いや心の姿を見るから、おのずと反芻力のようなものを獲得していくことになる。発表した作品は、おのずと、自分の批評の対象となり、新しい展開を求めようとするようになる。

彼女のこの歌集は、始めてから五年で成ったものである。これくらい早く歌集のまとまる人が出たことは、私にとって非常にうれしい。

今後はどのように層を深めて行けるだろうか。その萌芽のようなものも感じてはいるが、それは今後に期待したい。永田和美さんの歌集についてもそうであったがよい歌集の跋は、歌集以上にはならないものだ。歌をひとつひとつ読んでいただきたい。

福田 雅子（ふくだ まさこ）
1953 年 神奈川県横浜市生まれ。
高校卒業後、英会話を習得し、英会話スクールの職員室勤務。スクールの閉校と共に退職。犬のトリミング、英語の映画字幕翻訳の資格を取得。ここ 10 年ほどは韓国語の勉強中。息子 2 人の母。
埼玉県在住。

五行《ごぎょう》歌集《かしゅう》 馬ってね…

著　者　福田雅子
発行人　三好清明
発行所　株式会社市井社
東京都新宿区市谷田町三―一九川辺ビル一階
〒一六二―〇八四三　TEL〇三（三二六七）七六〇一
印刷・製本　創栄図書印刷株式会社
第一刷　二〇一六年七月二十七日
定価はカバーに表示してあります。

ISBN978-4-88208-142-5　C0092